18 ET 19 MAI 1833,

ou

PROCÈS

DE M. Léon D'AUREVILLY,

RÉDACTEUR EN CHEF DU MOMUS NORMAND;

ET COMPTE RENDU

DU BANQUET QUI LUI A ÉTÉ OFFERT PAR LES
JEUNES GENS DE LA VILLE DE CAEN.

—

Par un abonné.

—

Tout finit par des chansons.

CAEN,

Imprimerie de T. Chalopin, rue Froide, n°. 2.

1833.

Le *Momus Normand* est un recueil littéraire qui se publie à Caen et qni paraît une fois par mois, recueil reflétant, sous toutes les formes, en prose, en vers et en chansons, les jeunes opinions légitimistes. Fondé au commencement de l'année 1832 par deux jeunes gens de résolution, il a vu en peu de temps s'accroître, ses succès au-delà de ses espérances, et les suffrages des hommes les plus distingués, dans l'opinion et la littérature royaliste, venir encourager ses efforts.

Ce n'était point le Momus Normand qui se trouvait mis en cause le 18 mai dernier, mais seulement son rédacteur en chef, M. Léon D'aurevilly, et voici à quel sujet :

M. Léon d'Aurevilly, quelque temps après l'arrestation de madame la duchesse de Berry, lorsque de toutes les villes de France s'élevaient d'énergiques et unanimes protestations, avait adressé *manuscrite* à quelques-uns de ses jeunes amis de l'école de droit, l'ode suivante :

PROTESTATION.

Des deux rivages de la France
Et de tous les points de son ciel
Un cri de liberté s'élance
Inextinguible, universel,
Cette voix pleine de tendresse,
Cette voix d'un peuple en détresse,
Cette voix qui rugit toujours,
A Blaye un vent de feu l'emporte
Et cette voix est assez forte
Pour en déraciner les tours.

Tenez vous bien, vastes murailles,
Donjons qui croyez retenir,
Dans vos ténébreuses entrailles,
La lumière de l'avenir;
Par les noirs barreaux, elle éclaire
A vos pieds le flot populaire
Qui vous jette un regard amer
Entendez-vous son cri qui vibre
Et les grands coups de sa main libre
Qui heurte à vos portes de fer!

Il ne se met plus en campagne,
D'un vil bonnet rouge coiffé,
Pour frapper aux portes d'un bagne
Où mugit le crime étouffé;
Arrière ces jours de scandale
Où tout un peuple cannibale
De Dieu souillait les saints parvis,
Non c'est un Roland qui réclame,
Avec la pointe de sa lame,
Le passage du pont levis!...

Geoliers! qu'à grands frais on prépare
Un grillage inflexible, obscur,
Notre clarté luit comme un phare
Dans le plus transparent azur!
Voilez cette clarté brillante,
Demain sa splendeur effrayante
Brillera sous un ciel doré;
Quelques heures, dans le nuage
Le jour fuit, couvert par l'orage,
Mais il n'en est pas dévoré.

Oui, Caroline est populaire
Au peuple elle a versé son or,
Et de sa grâce tutélaire
Ce peuple se souvient encor,
Oui, Caroline est populaire,
Tour à tour sublime et légère
Dans le bal ou dans le désert,
Oui, Caroline est populaire
Elle a vécu, dans la chaumière
Et pour le peuple elle a souffert.

Oui, Caroline est populaire
Caroline a mis au grand jour,
Peuple ! de la plus simple mère
L'indomptable et brûlant amour,
Oui, Caroline est populaire
Pour avoir planté sa bannière
Sous la mitraille du combat,
Oui, Caroline est populaire,
Car l'honneur est héréditaire,
Dans notre France, au cœur soldat !...

Si du plus charmant des symboles
Ce peuple consacrant les droits
Sur l'albâtre de ses épaules
Rattachait la pourpre des rois,
Cette pourpre si méritée
Comme elle serait bien portée
Par ce bras fragile et puissant !
Celle-là, tout cœur pur l'avoue,
Certe, on n'y verrait pas de boue,
Et surtout, Français, pas de sang !

Elle n'aurait pas pour ministres
L'avarice et la lâcheté,
Les esclaves aux vœux sinistres
Fuiraient son abord redouté ;
Elle arborerait avec gloire
Les traditions de l'histoire
Sur son casque au cimier royal :
Et s'il fallait faire la guerre
Elle serait, comme naguère,
Français ! la première à cheval.

Quel dieu (qui pourra me le dire ?)
Dans des yeux si vifs et si beaux
Mit auprès du tendre sourire
Les éclairs de l'œil des héros ?
C'est le Dieu qui dit à la France :
«—Regarde... Car ton espérance
« Étincelle au haut de la tour...
C'est le dieu qui dit à la France :
«—L'heureux jour de la délivrance
« De ton bonheur sera le jour. »

Et voilà pourquoi je proteste
Contre un attentat furieux
A la grâce la plus céleste
A l'honneur le plus radieux,
Oui, cette puissance est infâme
Qui garde captive une femme ;
Oui, les fers à ses bras si lourds
En révolte contre les traîtres,
Retombent au front de leurs maîtres,
Empreinte brûlante... A toujours !

Cette ode insérée dans le journal de la Normandie du 1er février 1833, fut l'objet d'une saisie du journal et de poursuites dirigées contre l'auteur, ainsi que contre M. Godefroy, gérant du journal, et le sieur Lecrêne, imprimeur. La chambre du conseil jugea d'abord qu'il n'y avait pas lieu à suivre, se fondant sur ce que la dernière strpohe qui était la plus incriminée était, suivant ces messieurs, inintelligible.

Mais le parquet se révolta dans la personne de M. Boufflé, procureur du roi (l'intelligence du parquet est véritablement désespérante), et comprenant, lui, toute l'indignité, tout le danger de cette strophe, armée de pied en cap, comme une belligérante Jeanne-D'arc, contre l'ordre de choses actuel, au commencement, il acquit, avec toute la chaleur du zèle le plus pur devant la *chambre des mises en accusation* l'annulation de la première décision; parce que, sur cette mer orageuse de la publicité semée de brisans et d'abîmes, avoir évité Carybde n'est pas une raison pour ne pas s'engouffrer tout vif dans Scylla. Aussi la chambre des mises en accusation qui n'eût peut-être pas compris, à elle seule, la fameuse strophe, comprit parfaitement le réquisitoire de M. Bouffé qui se chargea de la lui expliquer, et en conséquence renvoya, devant la cour d'assises du Calvad. s, M. Léon d'Aurevilly, comme prévenu d'avoir excité *à la haine et au mépris du gouvernement du Roi.*

C'est en vertu de cette décision que M. Léon d'Aurevilly comparaissait en cour d'assises pour la première fois, ses rapports avec ces messieurs de la justice s'étant bornés jusqu'à ce jour à d'assez fréquentes visites à M. Marcelin Hubert, juge d'instruction, pour la plus grande gloire de monseigneur Barthe, garde-des-sceaux et ex-carbonaro.

La cour d'assises était présidée par M. d'Aigremont de Saint-Manvieux, assisté de MM. Lehot-Duferrage et Allard. M. Charles Le Goupil de Préfeln était chargé de soutenir l'accusation.

Après les questions d'usage adressées au prévenu, M. l'avocat-général a pris la parole, et, dans un discours écrit, a soutenu l'accusation.

. . . .

. . . .

Il nous a semblé que M. de Préfeln avait mis dans son réquisitoire plus d'aigreur et d'animosité que ne l'exigeaient les devoirs de sa position : peut-être aussi la jeunesse, le talent et la franchise de M. Léon d'Aurevilly, avaient droit à plus d'égards. Rien n'a pu trouver grâce aux yeux de M. l'avocat général et il a été jusqu'à trainer en cause M. de Chateaubriand et le romantisme qui ne savait plus où se cacher, le pâle et frêle jeune homme, pour éviter ces attaques d'un nouveau genre; M. l'avocat général s'est égayé aux dépens de l'accusé : il serait possible de s'égayer sur quelques parties de son discours; il a parlé de *Molière* et du *Bourgeois gentilhomme;* on pourrait aussi lui citer *Molière* et le *Bourgeois Gentilhomme:* nous ne le ferons pas. Tout en regrettant que M. de Préfeln ne soit pas demeuré fidèle à son esprit de modération, nous respecterons en lui l'homme de conscience et l'homme de talent. Il est des caractères qui font pardonner l'erreur même, parce qu'ils savent l'honorer. Nous sommes convaincus d'ailleurs que M. de Préfeln aura regretté de s'être laissé entraîner à une vivacité qui ne trouvait sa justification ni dans ses antécédens, ni dans les faits de la cause.

Ici, la parole a été accordée à M. Léon d'Aurevilly, qui s'est levé d'auprès de sa mère, et, d'une voix forte-

ment accentuée par des convictions irrésistibles, a prononcé le discours suivant religieusement écouté par toute
la jeunesse des écoles de la ville de Caen, et par un
grand nombre d'hommes de toute opinion présens à cette
séance, à laquelle la jeunesse du prévenu donnait un vif
intérêt :

« Messieurs les jurés,

« Permettez-moi de vous soumettre quelques réflexions
pour ma défense. Ces réflexions seront ce qu'elles doivent
être devant le jury, elles seront graves, mais sincères; que si
la chaleur de mes convictions avait donné par hasard trop
d'ardeur et d'âpreté à quelques-unes de mes paroles, je
demande qu'on les pardonne à l'impétuosité d'un jeune
homme qui a l'honneur de comparaître pour la première fois
sur le banc des assises. Heureusement pour moi mon
cousin et ami veut bien aujourd'hui quitter les douceurs de
la vie privée pour éclairer mon inexpérience, et me prêter
un appui dont je sens que ma jeunesse a besoin.

« Si j'étais disposé, MM., à écouter les séduisantes
illusions d'une vanité dont mon âge n'est pas toujours assez
exempt, je devrais des remercimens au ministère public
qui m'arrache aujourd'hui d'une solitude de travail pour
me faire une tribune, et la plus belle de toutes les tri-
bunes, d'où je puisse parler au brillant auditoire qui se
presse dans cette enceinte.

« Oui, si j'écoutais le cri intérieur de l'amour-propre
je me dirais : comment ! moi inutile rêveur, pour avoir
déposé, dans une inspiration d'un soir, toutes mes convictions politiques et poétiques, appréciables seulement par
un petit nombre d'ames jeunes et tendres, j'ai fait une œu-
vre dangereuse; j'ai, séditieux que je suis, remué toute
la Haute et Basse Normandie, et mérité de paraître de-

vant vous, aux seules fins de m'entendre condamner
selon toute la rigueur des lois, à une captivité bien due
à mes constantes bravades d'opposition.

« Voilà, messieurs, comment la vanité trouverait son
compte, dans le procès qu'on m'intente. Mais, Dieu mer-
ci, je ne suis point aveugle sur ce qui me concerne per-
sonnellement; la seule dangereuse influence de mon ode
était dans celle qui me l'inspira, et qu'hélas je n'ai pas su
couronner des rayons dont elle était digne; ma seule influence, puisqu'on me fait tant d'honneur que de m'en
attribuer une, en dirigeant des poursuites assez fréquentes
contre moi, elle est dans la pureté, dans le sincérité de
doctrines que je scellerais de mon sang tout à l'heure, et
dont la jeunesse des écoles de cette ville connaît la loyauté
indépendante.

« Messieurs, n'attendez pas de moi une défense à plat-
ventre, je ne sais pas, et je l'espère du moins, je ne saurai
jamais ce que c'est que de me cacher tremblotant derrière
des intentions fautives Ce que je fais, ce que j'écris, ce
que je dis; je le fais, je l'écris, je le dis (comme un honnête homme doit le faire toujours *au grand jour et la
tête haute*, ici comme ailleurs.

« Messieurs les jurés, je n'entends défendre la
poésie déférée à votre indignation, et sur laquelle vous
êtes appelés à prononcer, que sous le rapport de sa nationalité. En effet, s'il est dans cette poésie un mot, une
pensée, un soupçon de désir qui respire autre chose *que
l'amour de la gloire et de l'honneur de la France*,
messieurs, je passe condamnation, j'ai démérité du pays;
et ce délit, je le considérerais comme un sacrilége.

» Mais heureusement il n'en est pas ainsi; ma profession de foi, que je vous dois toute entière, est dans ces

trois mots : *Amour du pays*. Cette profession servant de base à ma défense, vous me permettrez, messieurs, avant d'entrer plus avant dans ma cause, de vous l'exposer ici en peu de mots avec toute la franchise de mon âge et de mon caractère.

« Nos ennemis politiques qui comprennent la haute importance de la nationalité d'une cause, s'attachent avec une incessante fureur à calomnier le parti royaliste aux yeux du pays pour lui faire perdre des sympathies qu'il conquiert tous les jours. Les objections de nos ennemis politiques, tricolores, ou rouges, Il n'importe la couleur, se réduisent à peu près à ceci : Amour du pays, c'est-à-dire, positions perdues, ambition aux abois, reconnaissance de bienfaits reçus, amour d'une famille, sentimens louables, si l'on veut, mais stériles pour la nation.— Amour de la liberté, de la gloire, respect de l'intelligence et de la dignité humaine, c'est-à-dire, soumission des vaincus de la civilisation à ces exigences qu'on accepte comme un joug, parce qu'on ne peut pas le briser, et parce que surtout on ne veut pas, dévoré qu'on est de la passion des affaires publiques, se retirer de leur tumulte et céder la place à de plus alertes et à de plus capables...

« Ce n'est pas ici la question de savoir si ces objections frappent au visage quelques individus pris isolément ; la question que je prétends seule mettre dans un jour si éclatant, qu'elle fasse baisser la paupière à tout homme prévenu contre nous, est celle ci : ces objections peuvent-elles nous atteindre, nous autres jeunes légitimistes?...

« Non, mille fois non, et je le prouve :

« Amour du pays, dites-vous, c'est-à-dire, positions perdues : mais nous n'étions rien avant la révolution de juillet, peut-être pas même *sup......... de* mais nous nous

sommes fermé la porte de toutes les carrières en arborant
sur nos maisons, dès les premiers jours, le drapeau noir
de la defaite ; depuis, en combattant par la presse, vi-
sière levée, tout ce qui nous a semblé indigne d'un grand
peuple, et attentatoire à la noblesse du caractère français...—Amour du pays, c'est-à-dire, ambitions aux abois ;
mais si nous avions voulu, carlistes silencieux et serviles
briguer des places et des faveurs du gouvernement de
Louis-Philippe, nous en aurions obtenu et bien plus ai-
sément que dans le temps de la restauration, que nous
regrettons dans l'intérêt de tous, parce que, à bien le
prendre, la restauration, malgré ses fautes, a été du
bonheur et de la gloire pour la France.—Amour du pays,
c'est-à-dire, reconnaissance de bienfaits, amour d'une
famille ! malheureusement la plupart d'entre nous, et moi
tout le premier, nous n'avons pas été à portée de la
connaître, nous ne la connaissons qu'historiquement ; nous
l'aimons, parce qu'elle a été constamment grande et fran-
çaise par ses gloires, par ses vertus, par ses infortunes
séculaires... Notre culte de la liberté peut-il être du Ma-
chiavelisme ? Mais qu'on nous dise si nous avons jamais
été d'une coterie doctrinaire ou autre, si nous avons jamais traîné nos offres de services, nos protestations de
dévouement et nos intrigues ambitieuses dans les anti-
chambres des ministres passés ?... Nous est-il donc si pénible à respirer cet air vital de la liberté, si bien fait pour
nous qui n'en avons jamais senti circuler un autre dans
nos poitrines ? Nous est-il si difficile de chérir et d'honorer le talent, l'esprit et le mérite personnel, à nous autres qui ne sommes pas nés grands seigneurs, sur les
marches d'un trône, et qui ne pouvons avoir de position
sociale que par le talent, l'esprit et le mérite personnel ?...

« Et maintenant , messieurs, c'est à la lumière de ces
diées franches et généreuses que nous allons examiner la
culpabilité de l'Ode incriminée : mais auparavant permettez-moi de vous-la relire , je la discuterai après vers
par vers et je n'aurai pas de peine à vous faire comprendre (car vous l'avez déjà compris peut-être) tout ce qu'il
y a , dans les sentimens de cette poésie , de sincèrement
français. Nous nous hâtons de déclarer que nous n'en vou-
lons défendre que les sentimens , pour ce qui est de leur
forme poétique , mauvaise ou bonne, nous nous en sou-
cions fort peu, et ce n'est pas nous qui affronterons le
ridieule d'être le Don-Quichotte de nos futiles productions.
(Ici M. d'Aurevilly lit l'Ode).

Messieurs, il serait de bien mauvais goût à moi d'in-
sister sur le plaisir délicat que j'éprouve à vous relire des
stances écrites sous la dictée d'un sentiment admirateur,
dernier trésor qu'il n'a pas tenu au ministère actuel d'en-
lever aux consolations de la défaite : ah ! il ignorait qu'une
intarissable pitié se développerait en nous, d'autant plus
forte et plus ardente que ces ministres et leurs agens,
pour plus de courage et de générosité sans doute , ont cru
devoir ajouter au supplice d'une prison *homicide*, celui
d'insinuations perfides plus douloureuses encore, d'un
monstrueux abus de la victoire qui blessent à la fois tout
ce qui devrait être le plus sacré parmi les hommes, je
veux dire les lois et les mœurs; c'est donc , je le répète,
messieurs, dans cette digression dont vous apprécierez
le motif, c'est donc avec un attendrissement profond que je
consacre de nouveau en public chacune de ces expressions
de ces strophes brûlantes de mon enthousiasme actuel pour
la plus éclatante et la plus infortunée des victimes.

« Interrogé par le juge d'instruction sur ce que j'avais
à répondre pour la justification de cette ode , je répondis:

la poésie en son entier comme en ses détails renferme la
solution de ce problême historique : Si Madame entrait
jamais comme élément principal dans un ordre de choses
politique dont elle occuperait le sommet... que serait-elle?
Or dans mon opinion elle serait tout ce que j'ai dit : noble,
bienfaisante, courageuse, éclairée, et conséquemment,
Français, amis de mon pays, j'ai pu, sans être coupable
aux yeux d'un jury français, dire à haute voix que j'avais
foi en cette admirable femme, que je croyais invincible-
ment à un avenir de gloire, de liberté, de prospérité, si
jamais le peuple, revenant aux rois de son passé, confiait
à l'héroïque mère de Henri V, le soin de ses destinées.
Y a-t-il dans cette opinion quelque chose d'étroit et d'é-
goïste, quelque chose qui ne soit pas le désir du bonheur
et de l'émancipation de tous, quelque chose qui soit en
désaccord avec les besoins intellectuels du 19e siècle et en
désharmonie avec les susceptibilités de notre orgueil national? Non certes, messieurs, et d'ailleurs ne raisonnai-
je pas à couvert du principe de juillet, du principe de la
souveraineté populaire, qui, pour les hommes du pouvoir
actuel, devrait être la tête de Médus, s'ils osaient la regar-
der en face. Tout ce que j'ai dit d'une manière froide et
décolorée, M. de Châteaubriand, qu'on n'accusera pas, je
pense, d'être un mauvais citoyen, l'a dit avec l'autorité
de sa voix européenne; je sais bien qu'un pouvoir impru-
dent a traduit pour ce fait la loyauté de son génie en cour
d'assises, mais je sais aussi qu'une ovation populaire a
suivi un verdict d'acquittement du jury, acquittement non
moins glorieux pour les juges que pour l'accusé.

« Mais j'arrive à la discussion de détail :

Oui Caroline est populaire
Au peuple elle a versé son or

Et de sa grâce tutelaire
Ce peuple se souvient encor...

. . . . . .

Oui Caroline estpopulaire,
Elle a vécu dans la chaumière ,
Et pour le peuple elle a souffert.

« Oui, Caroline est populaire ! et comment ne le serait-
elle pas ? Madame qui se rappelait que les vainqueurs
avaient naguère posé en principe *que l'insurrection est
le plus saint des devoirs* avait vu de l'exil toutes les
illégalités, toutes les promesses au moins tardives et in-
complètes, pour ne pas dire fallacieuses de la révolution
de juillet, l'émeute passant comme un vent d'incendie
sur toute la France , et la misère affamée de sang , voilà
contre quels ennemis Madame a tiré l'épée. Elle a tiré
l'épée pour le bien du peuple, et si ce fut une erreur parce que ce ne fut pas un triomphe (ici je m'adresse à
toutes les opinions), qui pourrait blâmer une femme, une
mère, une fille de roi , d'en avoir trop cru peut-être les
illusions de son cœur, et le voulez-vous, même les nobles
préjugés d'un rang illustre , et d'avoir eu trop de foi en
ce principe de la légitimité que bien des publicistes ont
proclamé sauveur et sacré et qui devait l'être d'autant
plus pour elle qu'elle le voyait incarné dans son fils.

Au peuple elle a versé son or,

Cela est vrai. Le peuple n'a pas plus oublié les bienfaits
de sa grandeur et de sa puissance, que les dons de sa
pauvreté et de son exil. Ce peuple, dont l'imagination est
si vive, l'organisation si sensible, l'a suivie du cœur et
des yeux à travers le Bocage , dans toutes les vicissitudes
et toutes les angoisses d'une vie proscrite, et il est même

2

très-peu de ses ennemis (c'est un hommage à rendre à
l'humanité) qui n'aient admiré ce courage si grand dans
un corps si frêle, et qui n'aient plaint cette destinée si
battue par l'orage... Mais s'il se rencontre encore des
hommes qui ont le triste courage du blâme et même de
l'insulte vis-à-vis de tant de dévouement, d'abandon et
d'infortune, le peuple, lui, n'entend rien à ces finesses
d'une politique machiavélique, tant de douleurs souffer-
tes, tant d'heureux loisirs jetés au vent des bruyères, tant
de récits de gloire romanesques et incroyables à force d'être
sublimes s'emparent de son imagination et la subjuguent,
et si Madame est dans toutes les conversations, il est
vrai de dire qu'elle est encore peut-être plus et mieux
dans celle des chaumières que dans celles des salons...

> Oui Caroline est populaire,
> Pour avoir planté sa bannière
> Sous la mitraille du combat...

. Parce qu'il eût été beau, parce qu'il eût été généreux
à un homme accoutumé au métier des armes de venir
partager les dangers de qui s'offre à combattre et à mou-
rir!.., Mais quand ce Charles-Edouard est une frêle prin-
cesse qui, foulant aux pieds comme un tapis de soie les déli-
catesses d'une vie de femme, se précipite à l'encontre des
balles, des soldats et à travers les embûches des traîtres
comme le dernier de ses partisans... Qui oserait dire qu'en
France cette terre classique de l'honneur, cette France,
au *cœur soldat*, une pareille femme n'est pas populaire?

> Si du plus charmant des symboles
> Ce peuple consacrant les droits,
> Sur l'albâtre de ses épaules
> Rattachait la pourpre des rois,

Cette pourpre si méritée,
Comme elle serait bien portée,
Par ce bras fragile et puissant !

« Cette phrase est inattaquable, elle est une conséquence
du principe de juillet, et d'ailleurs sa forme n'est pas in-
cisive... Si... Vous le voyez, grâce aux révolutions qui
nous emportent, nous pouvons toujours dire si... si demain... si alors... qui oserait parler de *l'immuable*, de
l'irrévocable, en face des changemens dont nous avons
été les témoins depuis 5o années ?

Celle-là ; tout cœur pur l'avoue ;
Certes, on n'y verrait pas de boue
Et surtout, français, pas de sang.

« Apparemment, messieurs les jurés, il y a en ce monde des pourpres royales qui n'ont pas toujours été pures
de sang et de boue ; ici j'ai fait de l'histoire, mais non pas
de personnalités.

Elle n'aurait pas pour ministres
L'avarice et la lâcheté.

« Permettez-moi de croire que dans mon hypothèse,
Madame choisirait pour ministres des hommes pleins de
bienfaisance, de dignité, de zèle pour le bien public, des
hommes véritablement nationaux, et jusqu'à présent il a
été loisible à chacun de croire et même de dire que tous
les ministres ne l'étaient pas.

Les esclaves aux vœux sinistres
Fuiraient son abord redouté.

« Non, Messieurs, non les hommes de *l'état de siège*
ne seraient pas les conseillers de la couronne, que la vo-
lonté nationale rendrait à Madame; du moins il m'est
permis de le croire avec tout ce que la France et l'Europe
ont de plus pur et de plus éclairé.

  Elle arborerait avec gloire
  Les traditions de l'histoire
  Sur son casque au cimier royal.

« Madame ne romprait qu'avec les abus et les ridicules
du passé, mais point avec ces gloires; et, jeune elle-
même, elle marcherait à la tête de la jeunesse, à la con-
quête des idées nouvelles, sous le vieux panache de
Henri IV et de Louis XIV.

  Et s'il fallait faire la guerre,
  Elle serait comme naguère,
  Français, la première a cheval.

« Madame a gagné ses éperons en Vendée; elle a
prouvé ce qu'elle eût su faire si, elle régnant, l'étranger
eût envahi le territoire; et permettez-moi, messieurs les
jurés, de vous le dire (toujours dans l'hypothèse pensée
fondamentale de mes déductions poétiques), n'est-ce pas
pour l'imagination un spectacle ravissant que de se figurer
cette jeune et brillante Clorinde conduisant nos vieux ba-
taillons à la victoire ? Et ne suis-je pas bien excusable,
après tout, moi, homme d'imagination, d'avoir cédé au
plaisir de montrer ce spectacle dans les lointains du possible.

  C'est le Dieu qui dit à la France:
  « L'heureux jour de sa délivrance
  « De ton bonheur sera le jour.....

« Certes, puisque la France pense comme moi sur le compte de Madame, car ce sont ses propres sentimens que j'exprime ici, ce sera pour le pays un jour de triomphe et de bonheur que celui où cesseront les tourmens d'une captivité compliquée, depuis la publication de ma poésie, de révélations qui seraient au moins *barbares* si elles étaient vraies, et dignes *de l'enfer* si elles ne l'étaient pas; et quoi qu'il en soit de l'authenticité des déclarations et procès-verbaux de Blaye, tout ce que nous avons dit et cru sur le caractère de Madame, considérée à la tête des affaires par une supposition qui n'a rien de périlleux pour l'ordre de choses actuel, *n'en subsistera* pas moins exactement vrai, et l'histoire pensera et parlera sur son compte comme les royalistes.

« Mais me voici arrivé aux charbons ardens de l'accusation. Oyez bien, messieurs les jurés, la strophe subversive capable de mettre à feu et à sang tout le gouvernement de Louis-Philippe :

> Et voilà pourquoi je proteste
> Contre un attentat furieux.
> A la grâce la plus céleste,
> A l'honneur le plus radieux.
> Oui, cette puissance est infâme
> Qui garde captive une femme ;
> Oui, les fers à ses bras si lourds,
> En révolte contre les traîtres,
> Retombent au front de leurs maîtres,
> Empreinte brûlante..... à toujours.

« Oui, je proteste, je protesterai jusqu'à ce que ma voix se soit éteinte à crier.... Oui, cette puissance est infâme. La puissance de qui ? La puissance de ces ministres qui ont retenu et retiennent encore Ma'ame dans

les fers, au mépris de l'opinion publique, dont les soup-
çons devraient leur faire dresser les cheveux sur la tête,
au mépris des lois, au mépris des devoirs de l'humanité ;
de ces ministres qui n'ont respecté, en emprisonnant
et en torturant madame la duchesse de Berry, ni les
propres souvenirs des bontés qu'elle eut pour eux, ni les
hautes convenances de la morale imposée à leur politique, dans l'intérêt même de leur maître, par les liens
du sang et par une amitié que Louis-Philippe et les siens
ont toujours éprouvée si sincère et si fructueuse. Oui,
cette puissance est infâme, surtout aujourd'hui que Madame est mourante, que nous avons le droit de repousser
tout ce qu'on nous dit d'elle comme un *mensonge,* tant
qu'au fond de son étouffante Bastille elle sera gardée à vue
par ceux qui ont intérêt à nous dérober la vérité du ca-
chot ! Oui, les chaînes qui ont frappé Deutz au front,
comme le doigt de Dieu y marqua le premier fratricide,
flétriront d'une indélébile ignominie le front de ceux qui
ont soldé les iniquités de Nantes et de Blaye.

« Ah ! Messieurs, honte et malheur à moi, si de noires
insinuations, vapeurs de calomnie et de haine, étaient
jamais montées de la fange révolutionnaire jusqu'à mon
cœur; mais (et il m'en coûte de le dire), si dans un
jour d'abattement trop commun à notre misère, notre foi
en une gloire que nous croyons sans tache, et qui écrase
notre infirmité, avait été ébranlée; si même, chose plus
pénible encore à supposer, tant de gloire n'eût pas été
possible ici-bas, sans une faiblesse, ah ! quoiqu'avec des
larmes dans les yeux, nous nous serions levés alors,
bouillans de la même indignation qu'à présent, pour crier
infamie contre ceux qui, sans respect et sans pitié d'une
femme délicate qu'ils courtisaient naguère, aujourd'hui

souffrante , malheureuse , leur victime , auraient eu pour
elle moins d'entrailles que des bourreaux. Et qu'on ne
dise pas que nous renouvelons le scandale qui nous a
conduits ici , nous n'abjurons pas , nous n'abjurerons jamais notre virulente appellation d'infâme , nous n'avons
cherché qu'à la justifier. J'ai peine à croire, Messieurs ,
que vous nous jugiez *coupables* pour avoir manqué de
respect au ministère de la police.

« Messieurs les jurés , voilà toute ma défense.

« Si les sentimens que j'exprime ici , et dont je m'honore , sont coupables, alors toutes mes notions du juste
et de l'injuste sont renversées , et le *respect* de la faiblesse
et du malheur a cessé d'être un sentiment national. La
liberté de la presse était mon droit, je ne l'ai pas dépassé
ce droit, *en vouant à la haine et au mépris* les auteurs
responsables d'une détention cruelle , contraire aux lois
de mon pays et attentatoire à la noblesse du caractère
français.

« Quoi qu'il arrive , j'attends , messieurs les jurés ,
votre décision avec respect, mais sans crainte. Absous
ou condamné , je me retirerai d'ici avec la conviction
d'un devoir accompli, et mon désintéressement m'est un
sûr garant qu'au sortir de cette enceinte, plus d'une main
viendra serrer la mienne en témoignage de sympathie ,
sinon d'opinion , au moi s de sentimens. »

M. Duméril , ex-procureur du Roi à Saint-Lo , s'est
levé ensuite pour présenter la défense de son cousin et
ami , Léon d'Aurevilly, et répondre aux allégations du
ministère public.

Il a commencé sa plaidoirie par raconter une anecdote
relative à Marie Stuart. Sa royale geolière, Elisabeth ,
lui envoyait, dans sa prison , des poésies composées en

son honneur et même des instrumens de musique pour
les chanter. Un jour elle lui fit parvenir des stances de
Spencer fort injurieuses pour le pouvoir d'alors qui, peu
à la hauteur de notre liberté constitutionnelle, ne vit
point dans de *petits vers* le *grand* délit d'excitation *à
la haine et au mépris du gouvernement* que les clair-
voyans du métier, grâce au progrès toujours croissant
des lumières, peuvent voir maintenant, dit-on, jusque
dans : « *J'ai du bon tabac dans ma tabatière...* » Aussi,
M. Duméril a-t-il ajouté que d'abord il avait eu l'in-
tention d'extraire cette antique ballade du recueil où
il l'avait trouvée, et de la produire, avec sa poussière
de deux siècles, au grand jour des assises ; mais qu'en
y réfléchissant mieux, il avait craint les *interprétations
modernes....*

Tels étaient les *allégemens* (nous ne dirons pas les
douceurs) que Marie Stuart recevait dans une captivité
que tous les cœurs indépendans de ce temps-là se sont
accordés à juger *cruelle,* jugement que l'histoire a con-
sacré depuis.... et *pourtant*, a dit M. Duméril, *la reine
Élisabeth n'était que la cousine de Marie...*

M. Duméril a fait preuve de cette fermeté de principes avec laquelle il avait lutté, dans ces circonstances
difficiles, contre de périlleux obstacles ; sa défense a été
pleine *de cette noble modération qui s'allie si bien avec
des convictions arrêtées.*

Cependant le ministère public a cru voir, dans le ta-
bleau des vicissitudes politiques tracé par le défenseur, un
appel *aux passions*, une menace de réactions futures
adressée à MM. les jurés ; alors, rouge et presque furieux, bégayant d'impatience et d'un ton péremptoire,

M. l'avocat-général a nettement recommandé à M. Duméril de *prendre garde à ce qu'il disait....*

M. Duméril qui, comme ancien magistrat, connaît trop bien la limite de ses droits pour la franchir, a protesté contre l'interprétation donnée à ses paroles par M. l'avocat-général, et, s'asseyant avec vivacité, a refusé de reprendre le fil de sa plaidoirie, protestant ainsi, par un silence réprobateur, contre une interruption qui ne nous a point semblé méritée, et qui, du moins, pouvait être faite avec des termes et une voix moins acerbes. M. Le Goupil de Préfeln a bien senti la position scabreuse dans laquelle il s'était placé ; aussi a-t-il insisté pour que M. Duméril reprît la parole ; mais toutes ses instances se sont brisées contre l'inflexibilité d'un : « *Non,* « *Monsieur l'avocat-général, j'ai dit tout ce que je* « *voulais dire ; à vous de faire le reste.* »

Nous aurions été heureux de reproduire en son entier le discours de M. Duméril ; malheureusement il ne l'*avait point écrit,* et nous avons le regret de n'en pouvoir signaler à nos lecteurs qu'une bien faible partie. Nous sommes surtout fâchés de ne pouvoir retrouver, dans nos souvenirs, les paroles de mépris énergique si bien placées dans la bouche d'un ancien procureur du roi, pénétré de l'amour de ses devoirs, paroles sévères tombées, comme un affront, sur la joue de ces agens ministériels qui ont tramé les infamies du procès Berryer.

M. Thomine a la parole pour la défense de M. Lecrêne.

Ce n'est pas sans un vif sentiment de surprise qu'il a entendu le langage de M. l'avocat-général, langage qu'il ne sait comment qualifier, véritable *juste-milieu* entre l'accusation même et l'abandon de l'accusation ; ce n'est pas non plus sans étonnement qu'il a vu qu'on affectait

de se méprendre sur le système de défense par lui pré-
senté, dans l'intérêt de M. Lecrêne, aux précédentes assises ; ce système, il doit le reproduire sous son jour
véritable, et il le fera en peu de mots. C'est, en effet,
bien à regret qu'il se voit forcé de renouveler le combat
sur un terrain qui lui semblait abandonné. Comment
eût-il pu croire aux poursuites dirigées aujourd'hui contre
M. Lecrêne, après six acquittemens successifs et la re-
nonciation formelle du ministère public, surtout après la
décision de la chambre du conseil qui, composée de gens
dont le talent et le dévoûment au gouvernement ne sont
un mystère pour personne, avait déclaré à l'unanimité
l'ode innocente de tous les délits que l'on veut y trouver.

Nous ne suivrons pas l'orateur dans sa lumineuse et
savante discussion des articles 24 de la loi du 19 mai
1819 et 5 de la loi du 16 juillet 1828. Il établit victo-
rieusement que la prétendue complicité que l'on veut
faire peser sur les imprimeurs ne pourrait reposer que
sur une seule base, la connaissance que l'imprimeur
aurait prise ou aurait dû prendre de l'ouvrage confié à
ses presses avant de l'imprimer.

Cette obligation ne se trouve écrite dans aucune légis-
lation : nous avons déjà défié, nous défions encore
M. l'avocat-général de nous citer un article de loi qui
l'impose. Loin de là, la loi du 16 juillet 1828 semble
la proscrire en fixant d'une manière précise la tâche
du gérant et la tâche de l'imprimeur, et en n'imposant
à celui-ci qu'une seule obligation, celle d'exiger et de
faire imprimer la signature du gérant chargé de la sur-
veillance et de la responsabilité du journal.

La responsabilité dont on voudrait frapper les imprimeurs serait aussi absurde qu'odieuse. Il n'est pas

humainement possible à un imprimeur de lire tout ce
qui sort de ses presses, à plus forte raison de le cen-
surer et de le corriger. L'*Ami de la Vérité* s'imprime
le soir, et, de calcul fait, il serait impossible que M. Lecrêne prît lecture du journal dans l'intervalle qui s'écoule
entre son impression et l'apport des matériaux qui le
composent; un pareil travail répugne d'ailleurs aux principes, au genre d'études et à la multiplicité des occupa-
tions de M. Lecrêne.

Et quelles seraient les conséquences du système soutenu par le ministère public? Une censure responsable,
une responsabilité corporelle! M. Lecrêne devrait, sous
peine d'amende et de prison, se montrer plus sévère et
plus clairvoyant que la chambre du conseil et que le
juge d'instruction : où serait la Charte? où serait la
liberté?

Le parquet ne se lasse point de poursuivre M. Lecrêne : on espère lasser sa patience, fatiguer son dévoûment. Par malheur, dans ces sortes d'affaires, les
frais restent à la charge du prévenu en dépit de l'acquittement. Nul doute que s'il eût un recours contre
ses accusateurs, les poursuites ne fussent bientôt plus
rares, ou, pour mieux dire, qu'elles ne cessâssent tout-
à-fait.

M. Thomine, abordant le fonds de la question, pré-
sente quelques observations en faveur de M. Léon
d'Aurevilly.

Toute l'accusation est échafaudée sur un mot, le mot
puissance employé dans la dernière strophe :

> Oui, cette puissance est infâme
> Qui retient captive une femme !

Pourquoi voir, dans ces expressions vives et chaleu-
reuses, une attaque contre la personne du Roi, que
sa position même dans le régime constitutionnel protège
contre toute atteinte de ce genre ? Pourquoi n'y pas voir
plutôt une attaque contre le pouvoir responsable et seul
responsable ? Si l'interprétation de M. l'avocat-général
toute forcée, toute invraisemblable qu'elle paraisse, devait être admise, alors il y aurait offense envers la personne du Roi ; mais il n'y aurait pas d'excitation à la haine
et au mépris de son gouvernement ; or, ce dernier délit
est le seul reproché....

Dans un article que tous les journaux ont reproduit,
et qui n'a pas été poursuivi, le *Courrier Français* flétris-
sait, dans les termes les plus vifs et les plus énergiques,
la publicité donnée par le gouvernement à la declaration
du 22 février. Ici l'avocat donne lecture de cet article
dans lequel les mots de *puissance* et de *pouvoir* sont
accompagnés des épithètes les plus injurieuses, les plus
outrageantes...... Ce qui n'a pas été poursuivi à Paris
serait condamné en province !...... Ce qu'un journal
a pu dire sous les yeux mêmes du gouvernement, au
milieu de la capitale, une modeste feuille de province
n'aura pu le répéter sans danger en l'adoucissant encore !..
Où serait la sûreté, la liberté, l'indépendance de la
presse ?...

M. Léon d'Aurevilly est jeune ; il a pu se laisser entraîner par son cœur, par la vivacité de ses affections,
par sa brillante imagination. Sa pitié, son indignation
ont protesté contre la dure captivité d'une femme qui a
grandi à ses yeux de tous ses malheurs et de toutes ses
souffrances !.. Quand M. l'avocat-général est venu parler
des *douceurs* de la prison de Blaye, a-t il donc oublié

que la duchesse de Berry avait été tenue au secret,
qu'elle n'avait pu obtenir l'admission dans la citadelle de
ses amis les plus zélés, les plus fidèles, les plus inoffen-
sifs, qu'elle avait été abandonnée seule ou presque seule
aux longues souffrances d'une torture morale, auprès de
laquelle les souffrances du corps ne sont rien.... Prisonnière de guerre, au dire de M. l'avocat-général, elle
avait au moins droit aux égards dus à un prisonnier
de guerre..... La modération ne s'apprend qu'avec l'ex-
périence...... Il est un âge où l'on juge avec son ame, où
les principes s'incarnent dans les affections, où l'on sent
trop vivement pour que l'expression de la pensée ne soit
pas quelquefois injuste et acerbe.... M. Léon d'Aurevilly
est dans l'âge des illusions..... ces illusions, il les honore
par son caractère, sa loyauté, son talent.... Il faut les
respecter comme une chose sacrée.....

M. l'avocat-général réplique deux mots : Il n'a point
parlé des *douceurs* de Blaye ; il n'est point de douce
prison. Il a seulement prétendu que la duchesse de Berry
avait été traitée avec tous les égards compatibles avec
sa position de prisonnière.

M. Thomine : Oublierons-nous que l'on a refusé l'entrée
de la citadelle à M. de Châteaubriand, à M. Hennequin,
à M. de Ménars surtout, à M. de Ménars le vieux com-
pagnon du duc de Berry, l'homme dont la vie n'a été
qu'un long dévoûment aux malheurs de sa famille?

M. L'avocat-général : M. de Ménars était sous le poids
d'une accusation, il était compromis dans l'affaire du
Carlo Alberto : on ne pouvait interrompre le cours de la
justice....

M. Thomine : M. de Ménars, après son acquittement,

a sollicité la grâce d'être enfermé dans la prison de
Blaye ; on la lui a refusée : au reste, peu importe ; je ne
veux point me constituer accusateur, et les faits seuls
pourront nous éclairer, car *ni vous ni moi*, *M. l'avocat-
général, ne savons ce qui se passe à Blaye*. Le jury com-
prendra la position et le langage de M. Léon d'Aurevilly, et nous attendons sa décision avec confiance.

M. Thomine, dans son improvisation, a été ce qu'il
est toujours, plein de noblesse et de franchise ; et, comme
dans toutes les affaires politiques où il a déjà paru, sa
voix d'honnête homme a produit sur le jury une impression profonde.

M. Daigremont Saint-Manvieux a résumé les débats
avec une haute impartialité et une grande noblesse de
langage. MM. les jurés se sont retirés ensuite, et, après
un quart d'heure de délibération, un verdict d'acquittement a été prononcé.

Malgré l'injonction pleine de convenance de M. le pré-
sident des assises, la joie de l'auditoire n'a pu se con-
tenir, elle a éclaté en bravos et en applaudissemens unanimes, moins un sifflet honteux embouché, nous a-t-on
assuré, par un petit garçon.

Un grand nombre de jeunes gens s'approchent de
M. Léon d'Aurevilly et lui serrent la main, et, comme
il l'avait pressenti lui-même, ce ne sont pas seulement
des royalistes qui viennent le féliciter.

Nous publions tous ces détails, parce que, dans les
affaires du genre de celle que M. Léon d'Aurevilly vient
de subir, la curiosité du public, *absent des débats*, étant
toujours très-éveillée, et sur les plaidoiries et les ré-
pliques du ministère public et des défenseurs, et sur les

opinions de position (1) des uns, et sur les opinions de conscience des autres ; en un mot, ce public qui n'a pas vu ce drame plein de passion et d'intérêt, désirant ordinairement en trouver au moins une analyse dans une notice animée, nous avons cru satisfaire à ce besoin que les malheureuses passions politiques du jour rendent si vif, et en même temps remplir un devoir, comme hommes de publicité, en livrant à la presse ce *compte rendu* exact et complet de la journée du 18 mai 1833.

Nous y joindrons aussi celle du 19 qui la couronna. Un banquet fut offert à l'heureux acquitté de la veille par les jeunes gens de la ville de Caen.

Rien de mieux ordonné que ce banquet qui fut donné, comme il convenait, à *l'hôtel de la Victoire*, chez M. Faucon. La salle et la table étaient ornées de fleurs blanches et vertes où cinquante convives se pressaient avec cordialité. L'opinion qui nous est la plus hostile, si elle eût été admise à ce festin *entre amis*, n'eût pu s'empêcher de convenir que, pour être *carliste*, on n'en a pas moins d'esprit, de franchise, de gaîté et de bon goût.

Les honneurs de cette fête charmante furent faits avec beaucoup de grâce et de tact par les commissaires dont les noms suivent : MM. Baudry, Avril, Golle, Luard et de Laradière.

Les toast suivans ont été portés et accueillis par de vives acclamations.

---

(1) Nous serions fâchés qu'on pût voir dans cette parole une *personnalité* contre M. Le Goupil de Préfeln dont les opinions actuelles ne sont point en désaccord avec ses antécédens. Justice soit rendue à tout le monde, *même à un procureur du roi*.

Par M. Luard à M. Léon d'Aurevilly.

Par M. Léon d'Aurevilly aux élèves en droit de Caen.

Par M. Golle aux courageux défenseurs de M. Léon d'Aurevilly et de l'*Ami de la Vérité*, MM. Duméril, Thomine, Foucault et Bardout.

Par M. de Laradière aux rédacteurs et aux directeurs du *Momus Normand*.

Par M. Baudry aux rédacteurs et à l'imprimeur de l'*Ami de la Vérité*. Puisse ce journal accomplir sa mission d'ordre et de liberté ! Liberté, c'est aussi notre cri de ralliement.

Enfin, après les toast portés, comme il est d'usage, des chansons furent demandées et chantées par les Momusiens.

Les chansons étaient de droit, puisque c'était le rédacteur en chef du *Momus Normand* qui était le héros de la fête.

Nous publions avec empressement les quatre chansons inédites suivantes qui justifient notre épigraphe.

HONNEUR AUX DOCTRINAIRES.

—

Air : Honneur aux enfans de la France.

Voyez-vous pas, s'élançant par la ville,
Notre *Momus*, l'œil brillant de fierté,
Triomphateur armé d'un vaudeville,
Comme Viennet, son chapeau de côté.　　(*bis.*)
Peu fait encore aux mœurs parlementaires,
Il rit tout haut des fripons et des sots....
　　Et crie, au bruit de ses grelots :
　　Honneur, honneur aux doctrinaires !..　　(*bis.*)

Leur père à tous, Gui... d'abord se montre
A nos respects, certes, bien mérités,
Tout *enroué* des discours pour et contre
Que sans pudeur le traître a débités !
A son profit, ainsi que ses confrères,
Il a changé, servile à tous venans,
　　De cocarde et de sentimens....
　　Honneur, honneur aux doctrinaires !

Homme de gloire ici dont les courbettes
Ont fait naguère un tremblant sacristain ,
S.... apparaît , et qui de ses conquêtes
N'a conservé que *l'amour du butin.*
Il ose dire au front des militaires :
« Meurent la gloire et la justice encor,
   « Mais vivent ma place et mon or... »
   Honneur , honneur aux doctrinaires !

Ici le roi de l'intrigue profonde ,
Lâche apostat , brille en habit doré,
Ambassadeur de Satan en ce monde ,
Qu'un *bonnet rouge* a jadis *démitré !*
A tous les rois , à tous les ministères ,
Il a gardé , chenille du pouvoir ,
   Le tribut de son vieux savoir....
   Honneur, honneur aux doctrinaires !

Là , ce lutin échappé de la boue ,
Tout petit diable effrayant , frétillant ,
Avec transport , baise Deutz à la joue ,
Le félicite et le paie en riant.
Du vieil évêque il connaît les manières ;
Il a puisé , dans ses doctes leçons ,
   La science des trahisons...
   Honneur, honneur aux doctrinaires !

Ce duc et pair. (1) regorgeant de richesses ,
Au nom brillant du plus beau souvenir,

---

(1) Br......

Siége avec Th.... quand lui, de ses bassesses,
N'eût eu jamais besoin pour parvenir.
Au front royal qu'il encensait naguères,
De la tribune il jette avec hauteur
   L'insulte ingrate et sans pudeur....
   Honneur, honneur aux doctrinaires !

Ici d'Arg..... vous le voyez, j'espère,
Car par malheur son nez le suit partout ;
Il met ce nez où ce nez n'a que faire :
Pitié pour lui, retirez-vous, d'Arg....
La république, aux vengeances sévères,
Pourrait bien un jour couper ce nez si beau
   Pour venger certain *vieux drapeau*....
   Honneur, honneur aux doctrinaires !

Puis, tous ceux-ci, mais d'un moindre génie,
Des lâchetés c'est le menu frétin ;
Esprits vendus, et qui, d'ignominie
Comme d'habit changent chaque matin,
Plats défenseurs de tous les arbitraires,
Nous opprimant au nom de liberté,
   Marchands d'honneur et d'équité...
   Honneur, honneur aux doctrinaires !

Toi, dont la pourpre honore ces Thersites,
Peuple français, combien a-t-il fallu
A gens-ci de vertus hypocrites
Pour imposer à ta mâle vertu !..

Plus tard viendra l'histoire aux voix austères
Dire aux enfans d'un peuple chevalier :
   Comment ce peuple a pu crier :
   Honneur, honneur aux doctrinaires !

Léon D'Aurevilly,
Rédacteur en chef du *Momus Normand*.

LE REFRAIN A LA MODE.

Air du vaudeville des deux Valentins.

En prison, (*ter*) morbleu,
C'est la phrase en tout lieu
Du juste-milieu ;
    En prison,   (*bis*)
Voilà leur raison
Et leur péroraison !

Ministres, préfets,
Sont aujourd'hui faits
Tous dans le même moule ;
    C'est à qui le plus
    Dira de *bibus*
Pour alarmer la foule !
En prison (*ter*), morbleu ! etc.

Suppôts de la loi,
Procureurs du roi,

Moins de frais d'éloquence !
　　Tout votre babil,
　　Qui *sent le persil*,
Se traduirait d'avance :
En prison (*ter*), morbleu ! etc.

　　Écoutez Lobau,
　　Ce guerrier si beau,
Le carbonaro Barthe ;
　　Écoutez d'Argout,
　　Cet homme de goût,
Cet ami de la Charte.....
En prison, (*ter*) morbleu ! etc.

　　Êtes-vous un chien
　　De saint-simonien,
Un grédin de carliste,
　　Ou bien un coquin
　　De républicain ?
Êtes-vous journaliste ?...
En prison (*ter*), morbleu ! etc.

　　Êtes-vous chouan,
　　Pauvre paysan
Des champs de la Vendée,
　　Allant au combat,
　　Comme un vieux soldat,
Mourant pour une idée ?..
En prison (*ter*) morbleu ! etc.

Êtes-vous amis
De votre pays ?
Parlez-vous avec ame
Pour la liberté
De chaque cité
Et celle d'une femme !..
En prison (*ter*), morbleu ! etc.

.Chansonnier malin,
Êtes-vous enclin
A rire des sottises ?
Tenez-vous tout prêts
De hardis couplets
Contre les balourdises ?
En prison (*ter*), morbleu ! etc.

Dites-vous que Thiers ,
Avec ses tons fiers ,
Est plein de ridicules;
Que rien n'est plus sot
Que le grand po...t
Ou le chantre des Mules ?..
En prison (*ter*), morbleu! etc.

Soldat citoyen ,
Quoique Momusien ,
Franc, et d'humeur gaillarde;
Savez-vous parfois,
Dans le cours du mois,
Esquiver votre garde ?..
En prison (*ter*), morbleu! etc.

Êtes-vous de ceux
Pour qui les crasseux,
Les lâches et les traîtres
Seront en tout temps,
Même tout puissans,
Les plus indignes êtres ?..

En prison (*ter*), morbleu ! etc.

Croyez-vous qu'un jour
La France à son tour
Relèvera la tête,
Et, pleine d'orgueil,
Changera son deuil
Pour des habits de fête ?..

En prison (*ter*), morbleu ! ete.

Restez au logis,
Allez à Paris,
A Bordeaux, à Marseille,
Partout ce refrain,
S'échappant soudain,
Frappera votre oreille :
En prison (*ter*), morbleu !
C'est la phrase en tout lieu
Du juste-milieu.
En prison !   (*bis*)
Voilà leur raison
Et leur péroraison.

A. DE BERRUYER,
Directeur du *Momus Normand.*

SI J'ÉTAIS ROI.

Air du Premier Pas.

Si j'étais roi, je vous dis, mon compère,
Si j'étais roi, j' sais bien c' que j' ferais, moi;
Pour les Français je serais un bon père,
Tout homm' ne serait ni plus ni moins qu'un frère,
    Si j'étais roi,
      Si j'étais roi.

Si j'étais roi, voilà mon espérance,
Si j'étais roi, j' frais respecter la loi;
On n' verrait plus tant de partis en France,
Dame justic' n'aurait qu'une balance,
    Si j'étais roi,
      Si j'étais roi.

Si j'étais roi, j' n'aurais pas d' jours sinistres;
Si j'étais roi, j' voudrais gouverner, moi :
De mon conseil je bannirais les cuistres,
De bons bourgeois feraient de bons ministres,
    Si j'étais roi,
      Si j'étais roi.

Si j'étais roi, si j'étais roi de France,
La loyauté ne m' caus'rait pas d'effroi ;
Je voudrais voir les talens, l'éloquence,
Par leur concours affermir ma puissance,
   Si j'étais roi,
   Si j'étais roi.

Si j'étais roi, sur le banc d'infamie
On n' verrait point l'honneur et la bonn' foi,
Ma royauté saurait dire au génie :
Soyons amis, c'est moi qui t'en convie,
   Si j'étais roi,
   Si j'étais roi.

Pour être roi, sachons bien le comprendre,
Il faut toujours être sujet d' la loi ;
Le bon plaisir ne pourrait plus s'entendre :
A régner *seul* il ne faut pas prétendre,
   Pour être roi,
   Pour être roi.

Il sera roi, si Dieu veut nous entendre ;
Il sera roi, mais roi de bon aloi.
Lorsqu'à nos vœux le ciel viendra le rendre,
C'est qu' tout l' pays voudra bien le reprendre
   Pour son vrai roi,
   Pour son vrai roi.

        C. H. L. L.

LE MOMUS NORMAND.

PROFESSION DE FOI *CHANSONNIÈRE.*

<small>AIR : Je suis Français , mon pays avant tout.</small>

Je suis bon Gallois
Et compaignon Virois.
(*Epigraphe du Momus Normand.*)

Luron Grivois à la verte jaquette ,
Crois-tu régner au pays Bas-Normand
Et faire aimer de sa froideur discrète
Tes yeux de chat affilés en chantant ?
De ta satyre on se moque , beau prince ,
Souviens-toi bien , sans en être surpris ,
Que pour avoir des succès en Province.... } *bis.*
Mon cher Momus , tu n'es pas de Paris. }

Ton geste est libre , et tes critiques franches ,
Le naturel respire dans tes yeux ,
Et du pommier les fleurs roses et blanches
Couvrent ton front aussi pur que joyeux ;
De la gaîté tu respectes le code ,

Et tu n'es pas de cadavres épris,
Ni tout sanglant comme un drame à la mode,
Mon cher Momus, tu n'es pas de Paris.

On sait fort bien, ton sergent le regrette,
Que dans ton cœur tu préfères, vaurien,
Les violons d'un bal de la guinguette
Aux roulemens du tambour *citoyen;*
Lorsqu'en fureur l'émeute patriote
Arme ses poings de ses pavés chéris,
Tu ne te bats, toi, qu'à coups de marotte ..,
Mon cher Momus, tu n'es pas de Paris.

Un chant Français est le seul qui te plaise:
Aussi jamais, brutal et rubicond,
N'as-tu pas chanté l'impure *Marseillaise*
Avec Mayeux, devant certain balcon !
Tu n'as pas eu, vainqueur, pour tes prouesses,
De bas saluts du fameux *Chapeau gris;*
Toi qui flétris ces lâches politesses,
Mon cher Momus, tu n'es pas de Paris.

Tu n'as pas mis la main à la victoire,
Ni dans ces jours de tumulte et d'effroi;
Tout ébloui de ta nouvelle gloire
En moins d'une heure.........
Lorsque Dup.,... que la peur précipite
Porte à Neuilly les vœux des favoris,
Toi qui te plains qu'on soit allé si vite ..
Mon cher Momus, tu n'es pas de Paris.

Provincial, aux volontés trop fières,
Je te comprends, par hasard, dis-le moi,
Voudrais-tu pas, comme au temps de nos pères,
Que chacun fût *libre* et *maître* chez soi ?
Mais j'en ai honte, hélas ! est-il possible
D'être si simple ou bien si mal appris...
— Tu ne crois pas, toi, Paris infaillible;
Mon cher Momus, tu n'es pas de Paris.

Un bon compaignon Virois.

Le *Momus Normand* paraît douze fois par an, et peut former à la fin de chaque année deux volumes in-8°.

Prix de l'abonnement :

Pour Caen. Un an. . . . . 16 fr.
Six numéros ou six mois. . 9 fr.
Par la poste. Un an. . . . 18 fr.
Six numéros ou six mois. . 10 fr.

Pour s'abonner en Normandie, il suffit d'écrire (*franco*) à M. PARIS, au bureau du *Momus Normand*, rue Saint-Sauveur, n°. 33, à Caen, qui fera toucher, *sans frais*, au domicile de l'abonné, le prix de l'abonnement.

On s'abonne aussi chez tous les Libraires et les Directeurs des postes; et, à Paris, particulièrement, chez DENTU, Palais-Royal; LANCE, rue du Bouloy, n°. 7, et à l'Office Correspondance, rue Notre-Dame-des-Victoires.

Les personnes qui procurent *huit* abonnemens reçoivent un exemplaire *gratis*, et sont considérées comme *correspondans du Momus Normand*.

Tout ce qui concerne la rédaction doit être adressé à M. Léon D'AUREVILLY, rédacteur en chef, à St-Sauveur-le-Vicomte (Manche), *affranchi*.

Les Journaux et Recueils qui *échangent* ou désirent échanger avec le *Momus Normand*, doivent être adressés à M. A DE BERRUYER, directeur, rue Christine, à Cherbourg. Il sera rendu compte dans le *Momus Normand* de tout ouvrage dont on enverra (*franco*) un exemplaire au rédacteur.